LAND DER ELFEN

HANS SIWIK

LAND DER ELFEN

ZAUBER UND GEHEIMNIS DER IRISCHEN INSEL

HERDER FREIBURG · BASEL · WIEN

2

Alle Rechte vorbehalten – Printed in Italy
© Verlag Herder Freiburg im Breisgau 1998
Leica-Fotografie Hans Siwik
Satz: Layoutsatz Kendlinger
Reproduktionen: Reprographia GmbH, Lahr
Herstellung: L.E.G.O. Olivotto S.p.A., Vicenza 1998
ISBN 3-451-26698-9

Das Werk einschließlich aller seiner Teile ist urheberrechtlich geschützt. Jede Verwertung außerhalb des Urheber- gesetzes ist ohne Zustimmung des Verlages unzulässig und strafbar. Es ist deshalb nicht gestattet, Abbildungen dieses Buches zu scannen, in PCs oder auf CDs zu speichern oder in PCs / Computern zu verändern oder einzeln oder zusammen mit anderen Bildvorlagen zu manipulieren, es sei denn mit schriftlicher Genehmigung des Verlages.

Inhalt

Elfenheimat

◆

Elfengefilde

◆

Elfenzauber

◆

Elfenträume

Wenn du von dem Gipfel des Elfenberges
westwärts nach dem Weltmeer schaust

Elfenheimat

uch das Wasser wird von Elfen bewohnt und da das Element glänzend und durchsichtig ist, so scheinen sie zu den Lichtelfen gerechnet zu werden. Sie heißen Nixen, Nökken, Wassermänner und Wasserfrauen, Schwanen-Jungfrauen und da diese Schwanengewänder tragen und wie Vögel über dem Wasser schweben, so folgt schon daraus, daß sie nicht zu den schwarzen Elfen gehören.

n der Nordküste lebte ein Mann, der sich mit dem Fischfang abgab und vorzugsweise jene seltsamen Geschöpfe fing, die man Seehunde nennt. Aber die meisten sind nicht Hund oder Fisch, sondern ganz eigentlich Elfen.

nter dem Wasser liegt ein Land, so gut wie oben, wo die Sonne scheint, Wiesen grünen, Bäume blühen, Felder und Wälder abwechseln, Städte und Paläste nur viel prächtiger und glänzender sich erheben und das von glücklichen Elfen bewohnt wird. Diese Unterwelt heißt das Land der Jugend, weil die Zeit dort keine Macht hat, niemand altert und wer viele Jahre da unten gewesen ist, den hat es nur ein Augenblick gedeucht. An gewissen Tagen bei aufgehender Sonne erscheinen diese Elfen auf der Oberfläche des Wassers, in größter Pracht und in allen Farben des Regenbogens schillernd. Mit Musik und Tanz, in ungezügelter Lust, ziehen sie einen bestimmten Weg auf dem Wasser dahin, das unter ihren Füßen so wenig weicht, als die feste Erde unter den Tritten der Menschen, bis sie endlich im Nebel wieder verschwinden.

Als entwickle sich ein ganzer Zug
wunderbarer Gestalten

ELFENGEFILDE

egen Ende Septembers war einmal eine muntere Gesellschaft von Elfen versammelt, welche im Glanze des Mondlichtes herumtanzten und ihre wunderlichen Streiche und Sprünge machten. Der Platz lag nicht weit von Inchegila, einem armen Dörfchen, von welchem große Berge und dürre Felsen, die es umschließen, allen Wohlstand abhalten. Doch was kümmern sich Elfen, die alles, wonach sie Verlangen tragen, herbeiwünschen können, um die Armut einer Gegend. Sie sorgen nur für einen heimlichen, unbesuchten Platz, wo sich nicht leicht jemand hin verirrt und sie in ihrer Lust stört.

ie Elfen stehen in einer besonderen und näheren Beziehung zu den Menschen. Es ist, als teilten sie sich in die Seelen der Menschen und betrachteten sie nun als ihre Angehörigen. Daher haben gewisse Familien ihre eigenen Elfen, denen sie ergeben sind, wofür sie aber von diesen Hilfe und Beistand in bedenklichen Augenblicken erhalten.

Glück verbreitet sich in dem Haus, das einen Elfen besitzt, das Vieh gedeiht besser als an andern Orten und wird von keiner Krankheit befallen, alle Unternehmungen gelingen. Nachts, wo der Geist am meisten tätig ist, verrichtet er dem Gesinde, falls er gut mit ihm steht, die sauerste Arbeit: trägt Wasser, haut Holz, besorgt die Pferde, die er manchmal besonders zu lieben scheint. Das ganze Haus findet sich jeden Morgen gereinigt und geordnet, jedes Ding an seiner Stelle. Dabei ist er streng, haßt Faulheit und Unredlichkeit, zeigt Vergehungen an und bestraft das nachlässige Gesinde.

abei sind sie von wunderbarer Schönheit, Elfen sowohl als Elfinnen, und sterbliche Menschen können mit ihnen keinen Vergleich aushalten. Menschen, die vorwitzig sich nähern oder gar sie necken, bestrafen sie hart, sonst pflegen sie gegen Wohlgesinnte, die ihnen vertrauen, freundlich und hilfreich zu sein. Sie lassen sich auch wohl in menschlicher Gestalt sehen, oder jemand, der nachts zufällig unter sie geraten ist, teil an ihren Tänzen nehmen. Vergißt er sich und küßt der Sitte gemäß seine Tänzerin, so schwindet in dem Augenblick, wo seine Lippen sie berühren, die ganze Erscheinung.

Und nennt sie nicht anders,
als das gute Volk, die Freunde

ELFENZAUBER

n den Sommernächten, wenn der Mond scheint, am liebsten in
der Erntezeit, kommen die Elfen aus ihren geheimen Wohnungen
hervor und versammeln sich zum Tanz auf gewissen Lieblings-
plätzen, gleichfalls heimliche und verborgene Orte, wie Bergtäler,
Wiesengründe und Kirchhöfe, wohin selten Menschen kommen.
Oft feiern sie ihre Feste unter geräumigen Pilzen oder ruhen unter ihrem
Schirmdach. Bei dem ersten Strahl der Morgensonne verschwinden sie
wieder und es ist, als rausche ein Schwarm Bienen oder Mücken dahin.

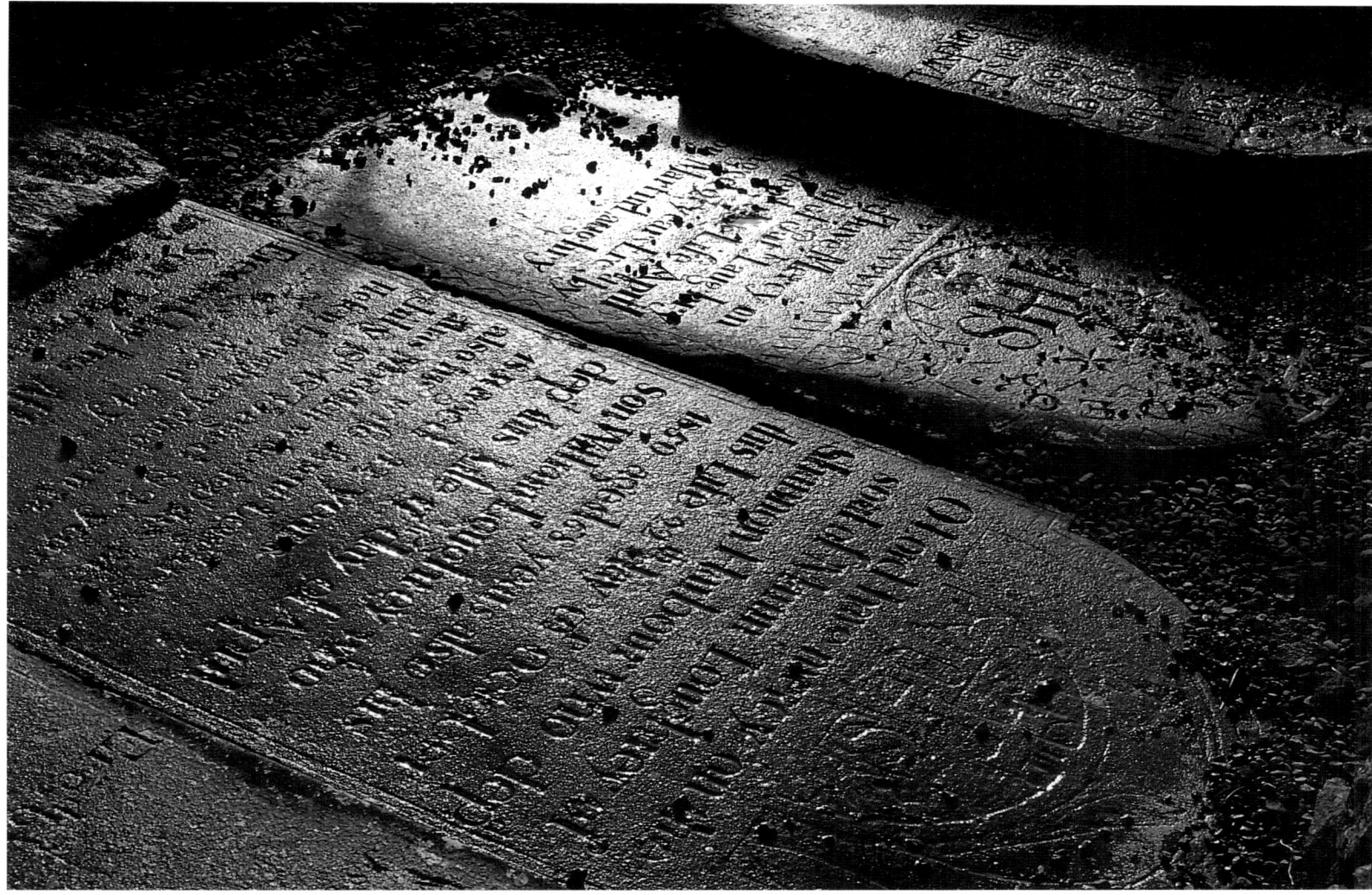

51

52

ie Elfen sind ein geselliges Volk, leidenschaftlich den Vergnügungen und Lustbarkeiten ergeben. Selten leben sie paarweise beisammen, sondern schwärmen in Haufen umher und jeder Haufe hat eine bestimmte Wohnung oder Aufenthaltsort, wo sie sich nach Umständen versammeln. Diese Wohnungen befinden sich gewöhnlich in den Höhlen und Abgründen wilder und rauher Gegenden. Sie sind aus Stein in der Gestalt unregelmäßiger Türmchen gebaut, und so fest und dauerhaft, daß sie Felsenstücken oder Erdhügeln ähnlich sehen. Türen, Fenster und Rauchfänge sind so künstlich verborgen, daß das bloße Auge bei Tag sie nicht erblicken kann, doch in dunkeler Nacht verrät sie das glänzende Licht, das herausbricht.

Es war wie der Klang vieler Stimmen,
deren jede zu der andern sich fügte

ELFENTRÄUME

Über seine Jugendträume nachsinnend, schlenderte er versonnen dahin, als er plötzlich vor einem Felsen stand, auf dem eine wunderschöne Nixe saß mit langen goldenen Haaren, die ihre ganze Gestalt einhüllten. Mit einer schönen, klaren Stimme sang sie eine traurige Weise.

er Mond schien, es war in dem Monat August und der Fluß so klar und glänzend, wie ein Spiegel. Er hörte eine Zeitlang nichts als den Fall des Wassers an dem Mühlendamm, eine halbe Stunde den Fluß weiter hinab, und dann und wann das Blöken der Lämmer auf der andern Seite des Flusses. Plötzlich entstand ein Lärm von einer großen Menge Volk, sie lachten, als wollte ihnen das Herz zerspringen und ein Pfeifer war unter ihnen und machte Musik. Es kam von dem Wiesengrund auf der andern Seite der Furt und er sah durch den Dunst, der über dem Fluß hing, einen ganzen Haufen Volk, welches auf dem Anger tanzte.

Bildlegenden

1 Abendstimmung an der Küste von Connemara
2 Cliffs von Moher, Sonnenuntergang über dem Meer
3 Das Hochkreuz von Monasterboice
4 Die meerumspülten Cliffs von Moher
5 Licht und Schatten auf der bergigen Küstenlandschaft in Connemara
6 Ring of Kerry, Küste im Dunst
7 Blick auf die Cliffs von Moher
8 Clogher Head, weiß schäumende Brandung
9 Zwei Spaziergänger an der Küste von Dingle
10 Der Inch-Strand in der Dingle Bay
11 Kleine Felsenbucht in der Dingle Bay
12 Dingle Bay, Sandstrand im Morgenlicht
13 Donegal, der Leuchtturm des Fanad Head
14 Nebel über dem Hafen von Skerries
15 Das Fischerboot Audrey Ann im Hafen von Skerries
16 Blick auf die Felsenküste der Donegal-Halbinsel
17 Ring of Kerry, Wolken über dem See
18 Connemara, Schilfinseln im See
19 Weite Seenlandschaft in Connemara
20 Nebel umhüllen eine Brücke in Staigue Fort
21 Nebellandschaft mit Fischerboot in Connemara
22 Ring of Kerry, Heide- und Wiesenlandschaft
23 Ring of Kerry, Feldweg durch die blühende Landschaft
24 Eine irische Steinmauer durchzieht die Felder, im Hintergrund die Patry Mountains
25 Eine Ruine erhebt sich über die grünen Felder in Staigue Fort
26 Ceide Fields, ein Getreidefeld nahe der Küste in Mayo
27 Einsames Gehöft in Connemara
28 Ein abgeschiedener Bauernhof in Connemara
29 Connemara, eine Schafherde im satten Grün
30 Dingle, Schafweide am Conner-Paß
31 Eine Schafherde zieht die Küste der Donegal-Halbinsel entlang
32 Ein Friedhof als Weidegrund für Schafe
33 Ein Cottage auf Inishmore, umgeben von Steinmauern
34 Fanad Head, ein Cottage inmitten der rauhen Schönheit der Natur
35 Clare, Cottage hinter Steinmauer
36 Schilfgedeckte Cottages auf Inishmore blicken über das Meer
37 Pferde in Donegal
38 Irischer Pferdehändler
39 Eine kleine irische Reiterin mit ihrem Pferd
40 Ein Harfenspieler zupft sein Instrument
41 Verträumtes Mädchen in Skerries
42 Weiße Statue vor dem Berg Croagh Patrick in Mayo
43 Madonna vor der Quin Abbey in Clare
44 Verwitterte Steinkreuze auf einem Friedhof in Clonmacnoise
45 Grabhügel mit Steinkreuzen in Clonmacnoise
46 Ring of Kerry, weißes Steinkreuz
47 Clonmacnoise, Steinkreuze im Nebel
48 Irisches Golgotha vor einem schroffen Felsen
49 Ring of Kerry, Blick über den Friedhof hinaus aufs Meer
50 Clonmacnoise, Grabinschriften glänzen in der Sonne
51 Clonfert, Kopfportal einer Kirche
52 Clonmacnoise, Blick durch ein Kirchenportal
53 Kopf eines Heiligen über dem Portal des Temple Cronan
54 Verwitterter Januskopf auf Boa Island
55 New Grange, eindrucksvolles Zeugnis irischer Geschichte
56 Beehive Hut, Dingle, Steinruine im Nebel
57 Prähistorischer Steinkreis in Dromberg
58 Clare, der Turm einer Klosterruine erhebt sich in die Wolken
59 Das Dunlace Castle auf einem Felsen am Meer
60 Der Rock of Cashel mit seinen eindrucksvollen Bauten gilt als religiöses Zentrum
61 Clare, das Lemaneagh Castle im Nebel
62 Burren, Dolmen, Grabstätte der prähistorischen Megalithkultur
63 Burren, Steinkreuz, eindrucksvolles Zeugnis irischer Geschichte
64 Burren, die Sonne strahlt auf Dolmen inmitten einer Steinlandschaft
65 Burren, Dolmen auf einer Bergkuppe
66 Aran Islands, Mauerwerk aus kunstvoll geschichteten Steinen
67 Aran Islands, Mauersilhouette
68 Giant's Causeway, der Riesendamm, eine natürliche Basaltbildung
69 Connemara, einsames Gehöft inmitten von karger Natur
70 Burren, ein Bauer treibt seine Kühe durch ein Steinfeld
71 Ring of Kerry, ein Schaf auf einem Felsen
72 Rauhe Schönheit von Connemaras Berglandschaft
73 Connemara, Wolken ziehen über die Hügel
74 Blick über Connemaras einsame Natur
75 Einsamkeit in Connemaras Hügeln
76 Connemara in der Dämmerung, Schaf an einem See
77 Ring of Kerry, stille Weite am See
78 Laugh Mask, einsame Ruine auf einer kleinen Insel
79 Sonnenuntergang bei den Cliffs von Moher

Textquellen

Irische Elfenmärchen in der Übertragung der Brüder Grimm. Die Texte folgen der deutschen Erstausgabe, Leipzig, Friedrich Fleischer, 1826.

Der Elfenbaum. Im Märchenland Cornwall, Fotografien von Hans Siwik, Verlag Herder Freiburg 1991.

Der Fotograf

Hans Siwik, geboren 1933 in Breslau, ist ein international bedeutender Fotograf und Autor zahlreicher Bücher. Er ist für Verlage und Zeitschriften im In- und Ausland sowie in der Öffentlichkeitsarbeit tätig. Seit 1970 wurden seine Fotografien weltweit in Ausstellungen gezeigt, so in Europa, den USA und Japan. 1988 erhielt er als erster westlicher Fotograf eine Einladung zu einer Einzelausstellung in die Sowjetunion, um seine Venedig-Fotos in Moskau zu präsentieren. In Folge unternahm er etwa 30 Reisen in verschiedene Regionen der ehemaligen UdSSR. Einzelne Arbeiten Siwiks wurden mit renommierten Fotografiepreisen ausgezeichnet, so dem Kodak-Buch- und dem Kodak-Kalenderpreis. 1972 erhielt Siwik den Photokina-Obelisken. Letzte Veröffentlichungen bei Herder: „Der Elfenbaum" (2. Aufl. 1996), „Zwölf wilde Gänse" (2. Aufl. 1996).